FOLIO JUNIOR

Ce texte a été précédemment publié
par l'École des Loisirs en 1994 sous le titre :
Tous les anniversaires

Jean-Philippe Arrou-Vignod

Bon anniversaire !

FOLIO JUNIOR/GALLIMARD JEUNESSE

Pour Camille et Aurélien

Jour de chance

De toute façon, ça avait très mal commencé.

Je m'étais réveillé dans un état bizarre, excité comme si l'on était le premier matin des vacances ou le jour de Noël. Comme d'habitude, j'étais en retard. Le temps d'avaler un café au lait et ma mère a dit :

– As-tu fait ton travail pour aujourd'hui ?

J'ai ouvert mon agenda, par acquit de conscience. C'est là que je m'en suis aperçu : on était le 18 septembre et tout le monde, même moi, l'avait oublié.

Avec Marignan et le 14 juillet, c'est à peu près la seule date que je connaisse. Je l'avais pourtant soigneusement encadrée sur mon agenda : « 18 septembre 1993, dixième anniversaire de Xavier Lepot. »

On ne devrait jamais avoir de travail pour le jour de son anniversaire.

La veille, j'avais juste jeté un coup d'œil sur les devoirs à faire : il y en avait tellement qu'on aurait dit la liste de commissions de ma mère, le samedi, quand elle va au supermarché.

Si j'avais dû tout faire, il m'aurait fallu un Caddie pour porter mes cahiers jusqu'à l'école.

Heureusement, sur le chemin, j'ai rencontré Pythagore.

– Salut, j'ai dit. Aujourd'hui est un grand jour.

– Tu as décidé de ne plus copier sur moi ? il a fait.

– Imbécile, j'ai dit. C'est mon anniversaire.

– Original, il a dit. Figure-toi qu'on est plus de 6 milliards sur la terre. Divisé par 365, ça fait 16 438 356 personnes et des poussières qui fêtent leur anniversaire le même jour.

Pythagore adore montrer qu'il est fort en calcul mental.

Il a deux ans d'avance, une montre étanche jusqu'à 300 mètres et des lunettes si épaisses que je me demande quelquefois comment il peut respirer sans tuba.

– Moi, il a ajouté, j'aurai dix ans en 2028.

– Tu rigoles ? j'ai demandé.

– Tu n'as qu'à calculer, il a dit. Je suis né le 28 février. Comme mon anniversaire ne tombe qu'aux années bissextiles, ça me fait trois ans d'âge réel.

– C'est idiot, j'ai dit.

– Non, c'est mathématique. En plus, ça arrange mes parents. Comme ils sont un peu pingres, ça leur fait beaucoup moins de cadeaux... Ce qui m'ennuie, c'est pour mon chien. Les chiens vieillissent sept fois plus vite que les hommes. Quand j'aurai vraiment dix ans, il en aura deux cent vingt-quatre. D'ailleurs, il a continué, tout se joue avant trois ans. Après, tu perds des milliards de cellules par seconde, l'esprit se ramollit comme un vieux camembert.

– Ramolli toi-même, j'ai dit.

Je n'étais plus très sûr d'être content d'avoir dix ans.

D'abord, il y avait eu ma mère qui avait oublié mon anniversaire, et maintenant Pythagore qui embrouillait tout avec ses années bissextiles.

Peut-être était-il simplement jaloux parce

que j'avais dix ans avant lui… Cela faisait des années que j'attendais ce jour, des années que mes parents me serinaient : « Quand tu auras dix ans… »

D'abord, il y a l'âge de raison, celui où l'on est assez vieux pour faire toutes les corvées ; après, l'âge bête où l'on a des boutons et où l'on porte un appareil dentaire… Dix ans, c'est juste au milieu : j'avais fini par m'imaginer que j'aurais une autre tête, que je serais grand d'un seul coup, assez en tout cas pour aller seul au foot ou regarder les séries à la télé le soir.

Je me suis examiné dans la vitrine du boulanger. J'étais le même que la veille, quand j'avais encore neuf ans : le même Xavier Lepot, avec un épi sur la tête, les mêmes dents trop écartées, les mêmes taches de rousseur.

Est-ce qu'on peut redoubler ses neuf ans comme on redouble son CM 2 ?

– Tiens, a dit Mlle Laude en terminant l'appel. 18 septembre. Nous aurons une pensée particulière pour l'un d'entre vous aujourd'hui.

J'ai dû devenir cramoisi. Mlle Laude avait eu beau perdre des milliards de cellules, elle seule avait pensé à mon anniversaire. Elle est descendue de l'estrade, s'est avancée en souriant dans ma direction. Allait-elle m'embrasser devant toute la classe ? Je me suis levé, les jambes flageolantes. Au dernier moment, elle a obliqué sur la droite, s'est arrêtée deux tables plus loin.

– Oui, a-t-elle continué, le 18 septembre est la Sainte-Nadège. Je suis sûre que vous aurez à cœur d'honorer dignement votre camarade le jour de sa fête !

J'ai cru que je venais de recevoir une balle dum-dum en pleine poitrine. Je suis resté planté comme un idiot au beau milieu de l'allée, pendant que Mlle Laude posait une bise sonore sur le front de Nadège-la-chipie, mon ennemie jurée, la seule fille après ma sœur qui me donne des boutons plus vite que le poisson pané de la cantine !

Puis, comme une catastrophe n'arrive jamais seule :

– Eh bien ! a dit Mlle Laude, puisque tu es debout, Xavier, viens donc au tableau réciter tes tables de division.

16 438 356, avait dit Pythagore... On était plus de 16 millions de personnes à fêter notre

anniversaire ce jour-là, et c'était sur moi que ça tombait !

Décidément, j'aurais dû naître le jour de la Saint-Veinard. J'ai bégayé une excuse avant de me rasseoir et Mlle Laude a appelé Nadège au tableau, la laissant réciter ses tables à la vitesse d'une calculette tandis qu'elle formait, sur son cahier de notes, un beau zéro en face de mon nom…

– Mon pauvre Xavier, a-t-elle murmuré quand Nadège a eu fini. Quand donc te décideras-tu à devenir enfin sérieux ?

– Heureusement, a-t-elle ajouté, que nous avons notre sainte Nadège pour nous donner l'exemple.

– Une sainte-nitouche, oui ! j'ai crié, incapable de me retenir plus longtemps.

J'étais ulcéré : c'était un peu comme si Nadège m'avait volé mon jour, confisqué ma fête nationale à moi ! Parce qu'une Nadège avait été autrefois dévorée par des lions dans un cirque romain, on me dépossédait du seul mardi de l'année qui m'appartenait en propre !

– Très bien, a dit calmement Mlle Laude. File chez le directeur. Et tu me copieras en plus : « Je ne me moquerai plus d'une camarade méritante dans le seul but de faire l'intéressant. » 200 fois. Pour demain.

Je suis sorti la tête basse. Est-ce que ma sœur a raison ? Elle dit que la disposition des astres le jour de notre naissance influence toute notre vie. Elle lit chaque jour son horoscope et dit que, selon les étoiles, elle sera follement aimée par un garçon très riche, qu'elle fera du cinéma et deviendra une grande vedette…

Elle s'entraîne déjà à signer des autographes : « Amandine Lepot, une star d'aujourd'hui. »

Moi, il devait y avoir un sacré chahut dans les astres à l'heure de ma naissance. J'aurais pu naître un jour de vacances, l'année des jeux Olympiques, comme Pythagore, ou un dimanche au moins…

Chaque année, mon anniversaire tombe un jour de dictée ou de contrôle de maths. Le pire, c'est mon signe astrologique : Vierge, comme l'huile d'olive et la forêt d'Amazonie. Vierge comme une copie blanche. Comme si je n'existais pas, que j'étais sans couleur, sans caractère, presque transparent…

Ma sœur, elle, est Scorpion : ça lui va bien, venimeuse comme elle est, toujours à faire ses coups par en dessous, à me pincer le gras du bras avec ses ongles longs.

De toute façon, j'aurais dû me méfier. Dans le journal qu'elle achète chaque semaine, avec des interviews de chanteurs et des conseils de maquillage, mon horoscope n'était pas bon. J'ai beau ne pas y croire, elle prend toujours un malin plaisir à lire les catastrophes qu'on m'annonce.

« Santé : ne sortez pas sans un pull. Attention aux rhumes et aux indigestions. Côté cœur : vous traversez une période difficile, qui vous permettra de mesurer l'affection de vos proches. Ne vous laissez pas décourager par les épreuves. Après la pluie, le beau temps. »

Ma sœur, elle, se promène en culotte dans la maison, un masque au concombre sur le visage, en répétant avec un air d'extase les prédictions qui la concernent. Depuis le temps qu'on lui promet qu'elle fera une rencontre décisive, qu'un grand succès l'attend, jamais rien n'est arrivé.

Elle se prépare patiemment pour ce jour-là.

Enfermée dans sa chambre, elle passe des heures devant la glace à papilloter des yeux, prend des poses romantiques, s'entraîne à sourire avec naturel.

Une fois, je l'ai même trouvée couchée sur la moquette, en chemise de nuit, les yeux fermés comme si elle était morte. J'ai eu si peur que j'ai appelé ma mère.

– Idiot, elle a dit en se relevant, tu ne comprends jamais rien. Je m'exerçais à m'évanouir.

Le soir, je suis rentré seul de l'école. Je n'avais plus envie de parler avec Pythagore. Ma mère faisait de la couture. Je me suis mis à côté d'elle, à la table du salon, avec mes lignes et mes devoirs.

Puis ma sœur est arrivée, elle a allumé la télé pour voir son feuilleton préféré. Personne ne semblait se rappeler que c'était mon anniversaire.

– Quel jour on est déjà ? j'ai demandé, mine de rien.

– Le 18, a dit ma mère sans lever l'œil de son ourlet. Pourquoi ?

– Comme ça, j'ai dit. Qu'est-ce qu'on mange ce soir ?

– Chou-fleur, elle a dit. Il reste aussi un peu de langue…

C'était vraiment le bouquet. Je me suis enfermé dans ma chambre pour terminer ma punition.

Décidément, mon horoscope avait raison : ce n'était pas mon jour de chance.

« Lepot, disent toujours mes copains, tu n'as pas de pot. »

Ma déveine a commencé avec ce nom, Xavier Lepot. Xavier, ça ressemble à « gravier ». Je suis le seul de l'école à m'appeler comme ça.

Moi, j'aurais préféré Cédric, Jérémy ou Steve, comme le petit copain de ma sœur. Elle l'appelle Stiiiive pour faire du genre, parce que c'est un nom américain. Mais Steve Lepot n'aurait pas été terrible non plus.

Le problème, c'est Lepot. Les copains disent « Lepot de chambre », même la maîtresse fait des jeux de mots sur mon nom. Elle en a un pour chaque occasion : « Lepot aux roses » quand j'ai menti, « Lepot de terre contre le pot de fer » quand elle punit…

– Xaxa ! a susurré ma sœur derrière la porte. C'est ton tour de couvert !

Au moment où je sortais de ma chambre en râlant, j'ai compris que quelque chose d'anormal se passait.

D'abord, mon père était rentré du travail sans que je l'entende. Ensuite, le salon était plongé dans le noir. Tout était silencieux, comme si l'appartement était vide. Une étrange odeur venait de la cuisine. Pas celle du chou-fleur que je déteste, oh non ! Un délicieux parfum de rôti, plutôt de rôti saignant, caramélisé tout autour, et de pommes de terre sautées...

À l'instant où j'entrais à tâtons dans le salon, la lumière a jailli et, avec elle, trois voix qui criaient en chœur :

– Joyeux anniversaire !

Ils étaient assis dans le canapé, mon père, ma mère, ma sœur, avec des cadeaux sur les genoux, l'air hilare devant mes yeux qui papillotaient.

– Mais, mais..., j'ai balbutié.

– Mais quoi ? a dit ma mère en riant. Tu ne pensais tout de même pas qu'on allait oublier ton anniversaire !

Et ils se sont mis à chanter « Un petit-beurre, des touyous », un chant anglais d'anniversaire, tandis que mon père ouvrait du mousseux, se battant avec le bouchon qui ne voulait pas sortir.

À la fin, il l'a coincé dans le casse-noix, ça a fait un gros Plop ! Le tapis de ma mère était trempé, il a fallu qu'on prenne une serpillière pour essuyer les dégâts.

– Les dix ans de mon fils, ça s'arrose ! a dit mon père, penaud.

– Ton plat préféré, a dit ma mère en posant le rôti sur la table. Et puis, comme dessert, je t'ai fait le gâteau au chocolat que tu aimes tant.

Chaque année, elle refait le même. C'est le gâteau des anniversaires, on le redemande toujours, non pas qu'il soit meilleur qu'un autre, mais on ne voudrait s'en passer pour rien au monde.

– Eh bien ! a dit mon père quand on a été à table. Que faisait-on il y a dix ans ?

C'est une autre habitude à chaque anniversaire : ma mère raconte les mêmes histoires sur ma naissance. Comment elle n'avait pas eu le temps de préparer sa valise pour la maternité, comment j'étais arrivé en avance, si vite qu'elle a cru que j'allais naître dans la voiture.

– Ton père roulait à tombeau ouvert... jamais nous n'avons brûlé autant de feux rouges que ce jour-là ! Je t'attendais pour le mois suivant. Tu aurais été Balance.

– Je me rappelle, disait aussi mon père. Il pleuvait des cordes ce jour-là. J'ai dû filer dans le premier magasin acheter un petit pyjama et une barboteuse.

J'écoutais, souriant aux anges et me gavant de gâteau au chocolat. Puis ils ont éteint la lumière pour apporter les cadeaux. Il y avait une mappemonde lumineuse, un portefeuille en cuir offert par Mamie Gina, d'autres cadeaux encore que j'ouvrais sans les voir, un peu déçu de ne pas trouver le Walkman que j'espérais et répétant sans cesse : « Merci, merci, c'est exactement ce que je voulais ! »

Même ma sœur m'avait fait un cadeau, un disque de son chanteur préféré qu'elle s'est dépêchée de mettre dans le lecteur, joignant les mains avec extase et tortillant des épaules.

Plus tard, quand j'ai été couché, je suis resté un long moment sans dormir. La mappemonde tournant doucement sur ma table de chevet, jetant des étoiles fluorescentes au plafond.

J'entendais le tintement des verres qu'on débarrassait, le bruissement des papiers cadeau qu'on froissait.

C'était fini. Mon anniversaire était passé. Il faudrait attendre une longue année pour qu'il revienne. Je ne pensais plus à Pythagore, à Nadège, aux lignes de la maîtresse. Malgré tout, cela avait été une belle fête. Je m'appelais Xavier Lepot, j'avais dix ans aujourd'hui et des étoiles lumineuses tournaient au-dessus de ma tête sans finir.

Aurais-je eu plus de chance si je n'étais pas né avec un mois d'avance ? Je ne sais. On était le 18 septembre, tout le monde dormait maintenant dans la maison, et personne n'aurait pu empêcher que ce jour soit le mien.

L'ANNIVERSAIRE DE KEVIN

On venait juste d'installer le Monopoly quand Kevin a dit :

– Moi, mon père, il est champion du monde.

Nous, on s'est mis à rigoler doucement.

– De farces et attrapes ? a demandé Pythagore.

– Bananes ! a dit Kevin en haussant les épaules. Puisque c'est comme ça, je ne vous dirai rien.

Il a lancé les dés tranquillement avant d'acheter la rue de la Paix. Moi, je regrettais déjà d'être venu. Je déteste le Monopoly. Je tombe toujours sur les rues les plus chères, mais on était invités chez Kevin et c'était son anniversaire.

– Sans rire, il était champion du monde ? j'ai demandé, un peu intrigué.

– Moi, mon père, il a fait Paris-Pékin à trottinette, a lancé Pythagore en faisant une énorme bulle avec son chewing-gum.

Kevin et lui ne peuvent pas se sentir. Peut-être parce que Kevin lui a pris la première place depuis qu'il est arrivé dans la classe... Pourtant, c'est drôle, Pythagore reste toujours le chouchou de Mlle Laude.

C'est ce qui est bizarre avec Kevin : on ne peut rien lui reprocher et, cependant, personne ne l'aime vraiment. Pour son anniversaire, il a distribué dans la classe des cartons d'invitation imprimés, avec son nom en gothique comme sur les cartes de visite.

« Kevin t'invite à son anniversaire, mercredi 3 novembre à 14 heures, était-il écrit. RSVP », ce qui veut dire : « Répondez s'il vous plaît. »

En dessous, il avait ajouté à la main :

« Récompense assurée aux trois premiers. »

Une demi-heure à l'avance, on était quatre devant la porte de son immeuble : Pythagore, Pierre-Achille, Mérovée et moi.

L'ascenseur était trop petit pour qu'on monte tous ensemble.

Alors on s'est battus, mais c'est Mérovée qui a été le plus malin. Il a grimpé l'escalier quatre à quatre pour être sûr de toucher la récompense.

– Salut, a dit Kevin en nous ouvrant la porte. Ma grand-mère vient juste de cirer le parquet.

Il nous a donné des petits carrés de feutre sur lesquels il fallait marcher. On se serait crus à la patinoire, c'était génial, on a fait des glissades et des courses de vitesse jusqu'à ce que Mérovée s'encastre sous la table de la salle à manger.

– Ça commence bien, a dit Kevin en ramassant les débris du vase qui jonchaient le parquet. Ma grand-mère y tenait beaucoup. Je le retiens sur ta récompense, a-t-il ajouté en notant quelque chose sur son carnet.

Kevin habite avec son père et sa grand-mère dans un vieil appartement sombre, décoré de tapis et de vases, de statuettes de chats et de danseuses en porcelaine.

On s'est jetés sur le jus d'orange et les gâteaux pendant qu'il ouvrait les cadeaux qu'on avait apportés. Quand il a eu fini, on avait tout mangé.

– Si on jouait au Monopoly ? il a proposé.

Pierre-Achille s'était déjà installé devant la télé.

Pythagore et Mérovée ont voulu faire entrer des toasts dans la fente du magnétoscope, pour savoir s'il pouvait servir de grille-pain.

Kevin sortait sans cesse son petit carnet, et à la fin, quand on n'a plus su quoi faire, on est allés dans sa chambre.

On avait à peine commencé à jouer au Monopoly que Pythagore est tombé en prison. Comme il ne voulait pas payer pour sortir, il y est resté deux tours et il en a profité pour sortir la collection de timbres de Kevin.

– Mon père, il en reçoit de tous les pays du monde, il a dit. J'en ai même du Chili et de Madagascar.

– Ce ne sont pas les plus gros qui sont les plus rares, a dit Kevin en achetant un hôtel.

– Et si on branchait le train électrique ? a demandé Pierre-Achille.

Moi, j'étais plutôt d'accord : avec seulement la rue de Courcelles et le boulevard de la Villette, j'étais sûr de perdre.

– On n'arrête pas un jeu quand on l'a commencé, a décrété Kevin. D'ailleurs, tu es chez moi, rue de la Paix, avec un hôtel, ça va te coûter un max.

– Pas du tout : le dé était cassé ! je dois rejouer, s'est défendu Pierre-Achille.

– Menteur, a dit Kevin. Mérovée est témoin, tu me dois 200 000.

– Il a raison, a dit Mérovée. Tu dois payer.

– D'abord, je n'ai pas assez, a dit Pierre-Achille en comptant ses billets.

– Je te fais crédit, a dit Kevin. Je retiendrai ce qui manque sur ta récompense.

– Pas d'accord ! a dit Pierre-Achille. J'étais le premier à ton anniversaire, j'y ai droit !

– T'as qu'à payer, alors, a dit Kevin, imperturbable.

– J'arrête, a dit Pierre-Achille. Si j'avais su, je ne t'aurais pas amené de cadeau.

– Tu peux le garder, a répondu Kevin. Un livre de plus ou de moins... D'ailleurs, je l'avais déjà.

Je me suis senti visé. Chaque fois que je vais à un anniversaire, ma mère veut que j'apporte un livre.

Elle dit que c'est éducatif et que ça fait toujours plaisir.

Moi, j'ai honte : mon cadeau fait minable à côté de celui des autres, personne ne le regarde, en plus je passe pour un radin...

Cette fois, pourtant, tout le monde avait amené un livre à Kevin.

– La librairie faisait des soldes ? il a demandé en ouvrant ses cadeaux.

Personne n'a entendu : on était trop occupés à nourrir le poisson rouge de sa grand-mère avec des miettes de cake.

– Si on lui donnait du Coca ? a suggéré Pythagore.

– Ce n'est pas un poisson rouge, a dit Kevin. C'est un cyprin, avec un pedigree.

– Pedigree toi-même ! a ricané Pierre-Achille.

– Et là, qui c'est ? a demandé Pythagore en montrant sur le buffet la photo d'une femme dans un cadre.

– T'occupe, a dit Kevin.

– Elle est belle, a dit Mérovée en se gavant de petits-beurre.

– C'est ta sœur ? a demandé Pierre-Achille. Pourquoi il y a un bandeau noir sur le cadre ?

– Il a une sœur pirate, a lancé Mérovée en ricanant.

– Ça n'est pas un bandeau, a dit Kevin. Ça s'appelle un crêpe.

– On ne fait rien comme tout le monde, chez toi, a dit Pierre-Achille en haussant les épaules.

Maintenant, on n'était plus que trois à jouer au Monopoly : Kevin, Mérovée et moi. Pierre-Achille et Pythagore avaient ouvert la fenêtre et s'amusaient à cracher sur les gens qui passaient en bas.

À un moment, on a sonné à la porte d'entrée.

– Ma grand-mère, a dit Kevin. Elle a dû oublier ses clefs.

Il est allé ouvrir.

– C'est ici qu'il y a des gosses qui crachent par le balcon ? a rugi le type pendu à la sonnette.

Il avait des épaules de déménageur et ne semblait pas content du tout.

– Vous devez faire erreur, a dit Kevin sans se démonter. Ce doit être au second.

– J'étais pourtant sûr que ça venait d'ici, a dit le type en jetant un regard méfiant dans l'appartement.

– Je vis seul avec ma grand-mère, a expliqué Kevin. Elle est dans une chaise roulante. Voulez-vous que j'aille la chercher ?

– Pardon, petit, a bredouillé le type. Inutile de la déranger.

– Oh ! les visites lui font toujours plaisir,

la pauvre ! a dit Kevin en refermant la porte avec douceur.

Puis, en se tournant vers nous :

– Merci, les gars ! On peut vous faire confiance !

– Tu ne nous avais pas dit que ta grand-mère était infirme, s'est étonné Pythagore.

– Et la tienne, elle fait du vélo ? a répliqué Kevin.

Mérovée en avait profité pour voler dans la banque. Pendant qu'ils se disputaient, j'ai regardé la photo sur le buffet.

C'est vrai qu'elle ressemblait à Kevin : les mêmes cheveux fins, le même teint pâle, les mêmes yeux tristes qui vous regardaient fixement derrière le bandeau noir du cadre et vous donnaient la chair de poule.

– Et si on jouait sur ta console de jeux ? a demandé Pierre-Achille en ouvrant les placards.

– J'en ai pas, a dit Kevin avant de mettre une série de maisons sur les rues rouges.

– Incroyable ! a ricané Pythagore. Pas de console de jeux ? Qu'est-ce qu'il t'a offert alors, ton père, pour ton anniversaire ?

– Un fossile, a dit Kevin. Cent cinquante

millions d'années. Une ammonite de l'ère secondaire.

– Et pourquoi pas un diplodocus ? a dit Pythagore, incrédule.

– Je ne vous le montre pas, a dit Kevin. C'est beaucoup trop fragile.

– Moi, j'aurais préféré une console vidéo si j'étais à ta place, a dit Mérovée en soufflant sur ses dés.

On ne pouvait quitter la case départ sans tomber sur les maisons de Kevin.

Ça n'a pas manqué. Mérovée a sauté droit sur la rue la plus chère.

– Je crois que ton compte est bon, a soupiré Kevin avec un drôle de sourire.

– Tu triches ! a lâché Mérovée. Tu profites du fait que tu es chez toi pour nous plumer les uns après les autres !

On ne peut imaginer plus mauvais joueur que Mérovée. Blanc de rage, il a renversé le jeu. La moquette était jonchée de maisons, de billets et de cartes « chance ».

– D'abord, a continué Mérové, il est nul ton anniversaire !

– Tu ne disais pas ça quand tu gagnais, a remarqué Kevin tranquillement.

– Mérovée a raison, a dit Pythagore. À l'anniversaire de Pierre-Achille, au moins, il y avait des filles et des jeux vidéo.

Kevin a haussé les épaules.

– Pauvres bananes ! il a murmuré.

– C'est moi que tu traites de banane ? a demandé Pythagore.

Ils ont roulé sur la moquette, au milieu des débris de cake et des billets de Monopoly. Pythagore avait le dessus quand il s'est relevé d'un bond.

– Il est malade ! a-t-il hurlé en se tenant la joue. Il vient de me mordre l'oreille.

– Ça t'apprendra, a dit Kevin, la voix blanche, en ramassant son jeu éparpillé sur le sol.

Je ne l'avais jamais vu aussi pâle. Son anniversaire tournait à la catastrophe.

– Puisque c'est comme ça, je m'en vais, a dit Pythagore en regardant ses doigts pour voir s'il saignait.

– Moi aussi, a dit Mérovée.

– Je n'ai pas besoin de vous, a dit Kevin, les larmes aux yeux.

– Attends, a dit Pierre-Achille en prenant son manteau lui aussi. Et la récompense ?

– Bezigue ! a dit Kevin.

– Je suis arrivé le premier, j'y ai droit !

– Moi aussi, a dit Mérovée.

– Tu me dois 40 francs pour le vase, a dit Kevin en sortant son carnet. Réparation du magnétoscope : 200 francs pour Pythagore. Frais de nettoyage : une heure de ménage à diviser entre vous quatre. Un passage rue de la Paix pour Pierre-Achille…

– Sale tricheur ! a coupé Pythagore. J'étais sûr qu'on n'aurait rien ! Ta récompense, c'était du bidon !

– Pourquoi tu es venu, alors ? j'ai demandé timidement.

Ils commençaient à m'énerver. C'était l'anniversaire de Kevin, après tout, et ils se liguaient tous contre lui.

– Tu es de son côté, maintenant ? a demandé Mérovée sur un ton menaçant.

– Je n'ai besoin de personne pour me défendre, a murmuré Kevin.

– Venez, les gars : on le laisse à son anniversaire archinul, a dit Pierre-Achille.

– Et ne compte pas sur nous pour revenir une autre fois ! a lancé Pythagore avant de claquer la porte d'entrée derrière eux.

Je suis resté seul avec Kevin, un peu

abasourdi par ce qui venait de se passer. Un silence surnaturel était tombé sur l'appartement, où Kevin, à quatre pattes, ramassait toujours les pièces de son Monopoly.

– Tu peux partir toi aussi, si tu veux, a-t-il marmonné tandis que je m'accroupissais pour l'aider.

Un petit nerf palpitait au coin de sa lèvre.

Il évitait de me regarder.

L'anniversaire était raté, l'appartement saccagé.

– Viens, j'ai dit. On va tout ranger avant que ta grand-mère arrive.

On a repêché les miettes dans le bocal du poisson avec une passoire à thé, remis les housses sur les sièges, nettoyé les flaques de Coca sur les meubles.

Kevin travaillait sans un mot. On aurait dit qu'il avait fait ça toute sa vie, balayer le parquet et laver les verres sales.

Quand on a eu fini, la nuit était presque tombée.

Il n'était pas 6 heures, et pourtant l'appartement était plongé dans la pénombre, avec seulement le cadre sur le buffet qui luisait dans le crépuscule.

– Viens, a dit Kevin. Je vais te montrer quelque chose.

Il a sorti d'une vitrine une espèce d'escargot en terre.

– Attention, il a dit en le déposant dans ma main avec précaution. Très fragile. Ça a cent cinquante millions d'années.

– Super ! j'ai dit, un peu embarrassé.

Je l'ai tourné un moment dans ma paume sans trop savoir quoi dire.

– J'en fais la collection, il a expliqué, avant de le remettre sur son socle. Je n'en ai jamais eu d'aussi beau… Est-ce que tu savais que les dinosaures ont vécu sur terre plus de cent millions d'années ? Mon ammonite les a connus, a-t-il ajouté fièrement.

– Encore une chance qu'ils ne l'aient pas écrasée avec leurs grosses pattes, j'ai dit pour le faire rire.

– Mon dinosaure préféré, c'est le tricératops. On dirait un rhinocéros avec une vitre pare-balles au-dessus de la tête. Et le tien ?

– Moi aussi, j'ai dit, c'est mon préféré.

Puis Kevin est revenu avec mon blouson.

– Salut, il m'a dit. Et ne te sens pas obligé de revenir, surtout.

– Je ne me sens pas obligé, j'ai dit. C'était vraiment un anniversaire réussi.

Il a haussé les épaules.

– C'est ma grand-mère qui veut que je le fête. Moi, je préférerais ne jamais avoir d'anniversaire.

– Et ta mère ? j'ai demandé.

Il a montré le cadre sur le buffet.

– Je ne l'ai jamais connue. Elle est morte à ma naissance.

– Désolé, j'ai bredouillé. Je ne savais pas.

– Aucune importance, il a dit en haussant les épaules. Mais tu comprends, moi, les anniversaires…

J'avais hâte de partir maintenant. Au moment de sortir, je me suis ravisé.

– Je voulais te demander, j'ai dit en hésitant. Ton père, c'est vrai qu'il est champion du monde ?

– Viens, il m'a dit. Je vais te montrer.

Il m'a conduit jusqu'à une porte, celle que Pierre-Achille avait voulu ouvrir.

– La chambre de mes parents, il a dit.

Sauf qu'il n'y avait qu'un lit à une place et des vêtements d'homme suspendus dans la penderie…

Sur la commode, il y avait plein de cadres avec des photos de sa mère.

Il a ouvert un tiroir, sorti une médaille et des articles de journaux.

– Mon père, il a dit.

Sur la mauvaise reproduction du journal, on voyait un homme en maillot de corps, les bras très maigres, portant un immense caleçon qui faisait des plis.

– « Champion du monde de catch, catégorie poids mouche », a lu Kevin. Et voici la médaille.

J'ai hoché la tête avec gravité. Kevin a tout rangé aussitôt, refermé la chambre qui sentait le tabac et les médicaments.

– Motus et bouche cousue, il a dit en me raccompagnant. Jure-moi que tu ne le diras à personne.

J'ai juré. C'était le secret de Kevin.

– Tu comprends, il m'a dit, les autres ne le croiraient pas.

J'ai juré à nouveau.

L'homme si maigre, sur la photographie, ressemblait-il à Kevin ?

Je ne saurais le dire. C'est à peine s'il m'avait laissé le temps de le voir.

Mais cela n'avait pas d'importance. J'avais juré, et rien n'aurait pu me faire trahir son secret.

Dehors, il pleuvait.

Une dernière fois, j'ai levé la tête vers sa fenêtre. Kevin se tenait derrière le rideau. Je n'ai pas osé lever la main : je suis sûr qu'il n'aurait pas aimé que je le fasse.

Le clown

Ma mère ne veut jamais que j'invite des copains à mes anniversaires. Elle dit que l'appartement est trop petit, qu'elle travaille assez toute la semaine pour être tranquille ses après-midi de congé.

La seule fois qu'elle a fait un anniversaire à la maison, c'était pour mes six ans : mes copains n'arrêtaient pas de demander pourquoi il n'y avait pas de pêche à la ligne chez nous ni de pochettes-surprises pour les invités.

Depuis, ma mère dit que mes copains sont mal élevés, qu'il ne faut plus compter sur elle pour recevoir une bande de sapajous qui s'abat sur le goûter comme des sauvages et colle ses chewing-gums sur son tapis, qu'elle laisse ça aux autres parents si ça leur chante…

Moi, quelquefois, j'aimerais bien changer de parents.

Quand Pythagore a fêté son anniversaire, par exemple, sa mère a invité presque toute la classe. Il habite une immense villa, avec un jardin grand comme deux terrains de foot. Les arbres étaient décorés de ballons et de lanternes en papier. Comme ses parents ont beaucoup d'argent, ma mère a voulu que je mette des chaussures neuves et le blazer de ma communion. Tous mes copains étaient en jeans, déjà hurlants et écarlates quand on est arrivés. J'étais le seul à paraître ridicule.

– Surtout, a dit ma mère, n'oublie pas d'être poli et d'avoir l'air content.

– Je suis tellement heureuse que vous soyez venus ! a dit Mme Bilot en nous tendant la main. Pythagore me parle si souvent de son ami Grégoire !

– Xavier, a corrigé ma mère.

– Oui, oui ! a dit la mère de Pythagore avec un petit rire. Grégoire, Xavier : avec tous ces prénoms modernes, on se trompe si facilement ! Vous prendrez bien un cocktail avec nous ?

Ma mère a dit non, qu'elle avait son repassage à faire, qu'elle espérait que je serais sage.

Là-haut, on entendait des glapissements,

puis Pythagore et Mérovée ont déboulé dans l'escalier, couchés sur le même skate comme des descendeurs de bobsleigh.

– Pythagore, mon chéri ! a dit sa mère. Devine qui est là : ton grand ami Grégoire !

– Xavier, a dit ma mère.

– Et regarde ce qu'il t'apporte : un livre ! Quelle idée ravissante !

Pythagore a jeté mon cadeau dans un coin avant de remonter en hurlant.

– Ne vous inquiétez pas, a dit sa mère. J'ai engagé un jeune homme pour s'occuper d'eux. Avec ces petits monstres, on est si vite dépassé... Vraiment, vous ne voulez rien boire ?

Ma mère est sortie à reculons, les yeux exorbités comme si elle me laissait dans une maison de fous.

En tout cas, on s'est bien amusés. Pythagore a une salle de jeux avec un flipper électrique, un baby-foot et des consoles de jeux. Lucas, Mérovée et Arnold avaient mis des casques et jouaient au base-ball avec des battes en bois. Pierre-Achille armé d'un gyrophare et d'un désintégrateur laser, poursuivait les filles dans toute la pièce. Le flipper crépitait, les filles hurlaient, la balle de base-ball rebondissait contre les murs, jamais on n'avait autant rigolé.

– Qui veut jouer au jeu du foulard ? criait un type debout sur une chaise.

C'était le jeune homme que la mère de Pythagore avait engagé. Il portait un habit de clown, avec un faux nez rouge, des bretelles à pois et un crâne chauve en plastique couronné de cheveux couleur carotte.

Comme personne n'écoutait, il a débranché le flipper, confisqué la balle et attrapé une fille par les cheveux.

– Le prochain qui bronche, il a dit, je lui en mets deux. Qui c'est le chef ici ?

Nous, on l'a tout de suite trouvé sympa.

– Gugusse ! Gugusse ! on a crié.

– Je m'appelle Serge, il a dit, je fais ce métier stupide pour me payer des études, et le premier qui m'appelle Gugusse regrettera d'être né. Maintenant, il a continué, les chipies en rang, les morveux de l'autre côté… je vais vous faire des tours de cartes. Le premier qui dévoile le truc, je l'enferme dans un placard.

Il a fait ses tours à toute vitesse, comme s'il était pressé de partir. Les cartes apparaissaient, disparaissaient, on n'avait même pas le temps de reconnaître celle qu'il nous avait fait choisir.

– Alors, il a dit quand il a eu fini, épatés, hein ? Gardez vos applaudissements pour les feuilletons débiles que vous ingurgitez à la télé. Vous avez deux minutes pour me liquider le goûter… Après, on ira dans le jardin. Jeu du béret pour tout le monde, même pour les filles. Ça leur fera du bien de se remuer un peu.

On a goûté presque en silence. Serge avait apporté une grande boîte en plastique. Il l'a remplie de tartes et de gâteaux au chocolat, a pris une bouteille de Coca qu'il a glissée dans son sac.

– Et si je le disais à maman ? a dit Pythagore.

– Essaie un peu pour voir, a répondu Serge.

À ce moment, la mère de Pythagore est arrivée.

– Tout va bien, les enfants ? elle a demandé. Vous vous amusez bien ?

– Super ! on a crié.

C'était bizarre, mais c'était vrai. Jamais on n'avait eu un anniversaire comme ça ! Elle aussi a paru surprise de nous voir si calmes.

– J'espère qu'ils sont sages avec vous, a-t-elle ajouté à l'adresse de Serge.

– Des agneaux, il a dit. De vrais anges.

– Tant mieux, tant mieux ! C'est que les enfants d'aujourd'hui sont parfois si difficiles !

– Allez, les nains, a dit Serge quand elle est sortie. Si vous avez fini de vous empiffrer, tout le monde en bas. Et jetez-moi les chewing-gums en sortant.

Dehors, il faisait un froid de canard.

C'était l'hiver et la pelouse était pleine de boue. Serge a sorti un sifflet et nous a fait faire trois fois le tour du jardin en petites foulées.

– À droite, trrttt ! À gauche, trrttt ! Ça traîne, derrière !

Quand on a été assez échauffés, on a joué au jeu du béret. On se sépare en deux équipes, on met un béret au milieu et, à l'appel de son numéro, il faut courir, prendre le béret avant l'autre et revenir en courant jusqu'à son camp. Moi, j'étais le numéro trois et j'avais Nadège en face de moi. On dérapait, on tombait, c'était crevant, j'avais mes chaussures neuves couvertes de boue. La mère de Pythagore nous regardait derrière la baie vitrée, une cigarette à la main, et nous faisait de petits signes.

À la fin, on s'est tous effondrés dans l'herbe.

– Déjà fatigués, les mauviettes ? a dit Serge. Ah ! vous êtes bien des gosses de riches : pas résistants pour un sou… Moi qui allais vous proposer de faire un foot !

– Oui, du foot ! ont crié les garçons. On n'est pas fatigués !

– Je vous préviens, je suis beaucoup plus fort que vous, a dit Serge. Les filles, ce n'est pas un jeu pour vous : filez là-haut retrouver vos poupées. Et pas de chamailleries, hein ?

Quand ma mère est venue me chercher, la nuit était déjà tombée. On jouait encore au foot, à la lumière des lanternes en papier qui pendaient dans les arbres. J'étais couvert de boue de la tête aux pieds, mon pull était déchiré au coude mais j'avais marqué trois buts.

– Ne me dis pas qu'il vous a fait sortir sans manteau tout l'après-midi ! En plein hiver ! a dit ma mère avec horreur.

Le soir, j'avais quarante de fièvre et ma mère a voulu téléphoner à celle de Pythagore. Elle n'a pas osé, finalement, parce que les parents de Pythagore sont beaucoup plus riches que nous.

Moi, j'avais vraiment passé un anniversaire génial. En plus, comme j'ai été malade, j'ai raté une semaine de classe. C'est la maîtresse aussi qui a dû être contente : on a été plus d'une quinzaine à manquer, presque tous ceux qui étaient à l'anniversaire de Pythagore.

J'avais gardé la carte de Serge.

Dessus, il y avait marqué :

« Pour vos anniversaires, engagez un clown. Jeux, attractions, plaisir garanti. Prix forfaitaire jusqu'à douze enfants. »

Il faudrait que je la donne à ma mère pour mon prochain anniversaire. Comme ça, elle n'aura pas à s'occuper de nous. Elle ne pourra plus refuser d'inviter mes copains à la maison.

Celle qu'on n'invitait jamais

Dans la classe, on l'appelle Cymbale. Son vrai nom, c'est Cybèle, mais tout le monde dit Cymbale parce qu'elle a les oreilles rouges comme si on avait claqué dessus.

Cybèle est grosse et personne ne l'aime.

Comme elle est au régime, elle ne mange pas à la cantine. Par la fenêtre du réfectoire, je la vois chaque midi assise toute seule dans la cour, une serviette sur les genoux, avec sa boîte de déjeuner.

Pendant que nous, on mange des frites, elle s'empiffre de carottes crues, de céleri et de yaourts sans sucre, les yeux exorbités comme si on allait lui voler son repas. Des fois, il pleut, elle mange debout sous le préau, avec son cartable sur le dos.

M. Balut, le prof de gym, est un marrant.

Il l'appelle « 0 % » et veut toujours que ce soit elle qui montre les exercices quand on fait du grimper.

Il lui claque les fesses, la laisse gigoter, suspendue à la corde, avec ses jambes qui battent l'air et ses oreilles presque violettes.

– Vas-tu me monter tout ça, qu'il dit, ou faut-il que je fasse installer un monte-charge ?

Nous, on n'en peut plus de rire, on se roule sur les tapis. On dirait un asticot bien gras qui se tortille au bout de l'hameçon.

Là où on a bien rigolé aussi, c'est à la fête de l'école. Les filles du Club de danse avaient fait un spectacle, avec un décor peint sur des paravents. Cybèle portait un tutu rose, une couronne dans les cheveux et tous les copains se sont mis à siffler quand elle est entrée. À chaque fois qu'elle sautillait, ça faisait boum ! les paravents tremblaient et de petits nuages de poussière s'échappaient de l'estrade, comme si on avait battu un tapis.

C'est là que j'ai vu pour la première fois la mère de Cybèle. Elle était assise au premier rang, avec les yeux tout rouges et un mouchoir sur la bouche.

Le spectacle fini, elle s'est essuyé furtivement les yeux et, quand Cybèle est venue saluer, sa mère lui a adressé un sourire si beau, si fier, que j'ai senti à mon tour, je ne sais pourquoi, mon cœur qui se serrait…

Personne n'invite jamais Cybèle à son anniversaire.

Tout le monde a sa bande, ses copains, mais chaque fois qu'on distribue des invitations, il n'y a jamais de carton pour Cybèle. Elle reste dans son coin, avec ses robes trop petites, ses oreilles trop rouges, comme si on l'avait glissée de force dans des habits de poupée, qui nous regarde avec envie…

Le jeudi, on parle du dernier anniversaire où on était, des cadeaux qu'on a gagnés. Elle nous écoute en souriant, on dirait qu'clle aussi était là, qu'elle s'est jetée sur le goûter, les tartes, les bonbons, toutes les bonnes choses interdites qu'on a dévorées sans elle.

Est-ce que c'est à ça qu'elle rêve le midi, toute seule dans la cour, en sortant ses carottes de sa boîte de plastique ?

La veille de l'anniversaire de Mérovée, le téléphone a sonné chez nous.

C'est ma mère qui a décroché. Je l'ai entendue qui disait « oui, oui, bien sûr, je comprends, bien sûr, comptez sur moi… » avant de reposer le téléphone avec un air tout drôle.

– Qu'est-ce que c'est que cette histoire d'anniversaire ? elle m'a dit.

Mérovée avait invité toute la classe ce mercredi-là. Comme son appartement est trop petit, ses parents avaient décidé de fêter son anniversaire chez McDonald's : on loue la salle tout entière, on passe l'après-midi à se gaver de Coca et de hamburgers sans avoir ses parents sur le dos.

– C'était la mère de Cybèle, elle m'a dit. La pauvre fille pleure toutes les larmes de son corps depuis hier soir. Elle est la seule à ne pas avoir été invitée.

J'ai dit que je ne savais pas, que d'abord elle était au régime et que ce n'était pas mon anniversaire à moi, que Mérovée avait bien le droit d'inviter qui il voulait.

– Très bien, a dit ma mère. Pas de Cybèle, pas de Xavier Lepot… Débrouille-toi comme tu voudras.

C'était vraiment injuste.

Non seulement je ne peux jamais fêter mon anniversaire avec mes copains, mais, en plus, on me rend responsable de ceux des autres !

Finalement, ma mère a pris les choses en main.

Elle a appelé la mère de Mérovée et lui a expliqué la situation. Entre mères, elles se comprennent, surtout quand c'est contre nous.

La mère de Mérovée a appelé Cybèle, elle a dit qu'un carton s'était perdu, qu'elle espérait que Cybèle n'avait pas pris d'engagements pour cet après-midi-là, que Mérovée ne s'en remettrait pas si elle manquait son anniversaire, etc.

Je ne sais pas comment Cybèle a pu gober toutes ces salades. Le lendemain, en tout cas, elle était devant McDonald's, un énorme paquet sous le bras et le visage plus rouge qu'à l'ordinaire.

Personne ne s'occupait d'elle et pourtant elle rayonnait, un peu à l'écart avec sa mère, les cheveux rassemblés en deux petites tresses qui se dressaient au-dessus de sa tête comme des antennes de coccinelle.

J'ai fait moi aussi un détour pour l'éviter, mais sa mère m'a sauté dessus.

– Xavier, elle a dit, Cybèle est très intimidée. Tu comprends, c'est son premier anniversaire.

Je peux compter sur toi, n'est-ce pas ? Je suis sûre que tu es un garçon chevaleresque.

J'ai eu honte qu'elle me dise ça devant tout le monde.

C'était bien ma veine : non content de supporter ma sœur toute la semaine, il fallait encore m'occuper de Cybèle au lieu de jouer avec mes copains !

J'ai bégayé quelque chose, bien décidé à me débarrasser de ce boulet le plus tôt possible : je n'avais aucune envie de me gâcher l'après-midi.

Les parents de Mérovée avaient loué une grande salle au premier étage. Devant la porte, un écriteau disait :

« Réservé. Anniversaire de Mérovée. »

À l'entrée, on nous a distribué des ballons, comme chez le marchand de chaussures, et des coffrets-cadeaux dans lesquels il y avait un pin's McDonald's, une casquette McDonald's et des autocollants McDonald's.

– Ils croient qu'on va se perdre ou quoi ? a demandé Pythagore.

– Banane, a dit Kevin. C'est de la publicité.

C'est Mérovée le premier qui a eu l'idée de mettre les autocollants sur les fesses des filles.

On avait tous nos casquettes sur le crâne, on se poursuivait en hurlant à travers la salle, jamais on n'avait autant rigolé.

Après, on a joué à remplir d'eau les ballons. Les uns après les autres, on descendait aux toilettes pour les gonfler au robinet, on remontait discrètement et on s'amusait à se les lancer.

Le plus drôle, c'est quand quelqu'un ratait la passe : le ballon éclatait sur le sol dans une grande gerbe d'eau, on était arrosés de la tête aux pieds…

Cybèle, terrorisée, était montée sur une table, serrant dans ses bras le gros paquet qu'elle n'avait pas quitté.

– Mes chaussures ! criait-elle. Ne mouillez pas mes chaussures !

Dans un sens, ça m'arrangeait. Elle n'avait pas cessé de me suivre depuis le début de l'après-midi, allant partout où j'allais sans me lâcher d'une semelle.

De temps en temps, la serveuse passait un œil par la porte et s'enfuyait aussitôt. Quand ç'a été l'heure du goûter, elle est montée, escortée du gérant, nous apporter du Coca et des hamburgers. Ça a calmé tout le monde… L'exercice, ça creuse. On s'est assis par petites tables et, comme un fait exprès, j'avais Cybèle à côté de moi.

– Tu ne manges pas ? j'ai dit, histoire d'être aimable.

– Chi, elle a dit en s'empiffrant de mayonnaise. Ch'ai l'autorisachion pour auchourd'hui.

Ça a paru la requinquer de manger, car elle a ri quand Pythagore a voulu lui mettre du ketchup dans le cou.

– Maintenant, a dit Mérovée, aboulez les cadeaux. Vous ne croyez pas que vous allez goûter pour rien ?

Le plus beau, c'était le cadeau de Cybèle : une énorme mallette de magicien, avec des cartes, des foulards et un chapeau pliant pour faire disparaître des lapins blancs.

– Mince ! a dit Kevin. Elle ne s'est pas moquée de toi.

– Je l'ai payée avec mes économies, a dit Cybèle en rougissant.

– Tu crois qu'en la fourrant dans le chapeau, tu pourrais la faire disparaître ? a ricané Pythagore.

– Impossible, a dit Lucas. Le chapeau péterait avant.

– En tout cas, j'ai dit en écrasant mon hamburger sur la figure de Lucas, pour te rendre moins crétin, il faudrait être magicien.

Je ne sais pas ce qui m'a pris. Une espèce de réflexe.

Pourtant, j'adore les hamburgers.

Ça me faisait de la peine d'en gâcher un sur la tête de Lucas, mais je n'avais pas pu résister.

Lucas me regardait, la figure couverte de salade et de viande hachée, avec le ketchup qui lui coulait du nez et des rondelles de concombre sur les joues.

– Lepot, il a dit, tu vas me payer ça.

Je ne suis pas méchant, mais il ne faut pas m'énerver. On a roulé sous les tables, au milieu des ballons crevés et des papiers cadeau.

– C'est mon anniversaire ! criait Mérovée. Je vous ordonne d'arrêter !

En deux minutes, ç'a été la bagarre générale.

Kevin s'était emparé des lunettes de Pythagore et les tordait dans tous les sens, les filles pinçaient, hurlaient, les hamburgers volaient à travers la salle, Alban tentait d'étrangler Jonas avec son Walkman... L'ambiance de classe dégénérait, comme aurait dit Mlle Laude.

– Réglons ça en tournoi, a dit Kevin en profitant d'un moment d'accalmie.

Tout le monde était d'accord. Les gens de McDonald'S avaient été très gentils jusque-là, ça n'était pas le moment de les contrarier en saccageant le restaurant.

Chaque fille a choisi un garçon pour lui servir de cheval.

Quand les couples ont été formés, il ne restait plus que Cybèle et moi.

– Ça ne fait rien, elle a dit. Monte sur mon dos, on va les écraser.

En moins de temps qu'il n'en faut pour le dire, je me suis retrouvé sur son dos. J'étais le seul garçon porté par une fille, les autres se sont mis à rigoler et Cybèle en a profité pour foncer dans le tas, renversant Lucas et Nadège, Pythagore et Bertille comme une balle dans un jeu de quilles.

Normalement, on n'a pas le droit de faire tomber les chevaux.

Mais tout le monde trichait, alors on s'en est

donné à cœur joie. Cybèle chargeait, moi j'attrapais les filles par les cheveux, je tordais, je pinçais, désarçonnant les cavalières et bousculant les chevaux.

À la fin, on s'est retrouvés les seuls debout. Cybèle était écarlate, bien campée sur ses deux jambes au milieu du champ de bataille.

– Vous avez triché, a gémi Lucas en se frottant les tibias. Les filles n'ont pas le droit de porter les garçons !

– Répète un peu pour voir, a dit Cybèle.

Ses petites nattes dressées ressemblaient maintenant à des cornes de taureau, la sueur lui coulait le long des oreilles : plus personne n'aurait osé se moquer d'elle.

– Bien fait pour toi, a dit Kevin à Lucas. Tu n'avais qu'à pas commencer.

– Il a raison, a dit prudemment Mérovée. Cybèle a gagné le tournoi. D'abord, c'est mon anniversaire, c'est moi qui décide.

– Celui qui n'est pas d'accord n'a qu'à venir s'y frotter, a continué Kevin.

– Oui, Cybèle a gagné, a dit tout le monde. C'est la plus forte. Vive Cybèle !

Ils se sont tous approchés pour la féliciter. J'en ai profité pour descendre de ma monture, les cuisses brisées comme si je venais de faire un rodéo.

Le triomphe de Cybèle a été de courte durée. Soudain, elle est devenue toute blanche.

– Écartez-vous, elle a dit. Je crois que je vais être malade.

Nadège a juste eu le temps de l'accompagner aux lavabos.

– La pauvre, a dit Bertille. C'est ce qu'elle a mangé. Elle n'a pas l'habitude, avec son régime…

– Ça doit être dur, a dit Pythagore. Une vie entière sans Malabar… Moi, je préférerais qu'on m'achève tout de suite.

– Elle fait de l'asthme aussi, a continué Bertille. C'est elle qui me l'a dit. Il ne faut pas qu'elle s'agite.

– Je ne savais pas, a dit Lucas d'un air penaud. D'ailleurs, il était super, son cadeau.

Moi, je n'étais pas trop fier non plus. Je devais m'occuper de Cybèle, et je l'avais entraînée malgré moi dans une bataille rangée.

Quand elle est remontée, on a fait cercle autour d'elle. Elle a dit que ça allait mieux, qu'il ne faudrait pas dire à sa mère qu'elle s'était battue : sa mère détestait qu'elle se donne en spectacle. Elle a dit aussi qu'elle inviterait tout le monde chez elle quand elle aurait fini son régime.

– De toute façon, a dit Lucas pour se rattraper, nous aussi, on aime les carottes et les yaourts sans sucre.

Depuis ce jour-là, chaque fois que je vois Cybèle assise sur un banc de la cour avec sa boîte de pique-nique, je repense à l'anniversaire de Mérovée.

Je me rappelle la raclée qu'on a flanquée tous les deux à la classe, et je me dis que je devrais aller la voir, ne pas la laisser seule sur son banc au milieu de la cour.

Mais, chaque fois, je n'ose pas.

Je reste à manger mes frites avec les copains, lâchement, de peur qu'ils se moquent de moi.

Les noces d'or de Mamie Gina

Ç'a été un beau dimanche.

On est partis, mes parents, ma sœur et moi, dans la voiture de l'oncle Jacques. Il ne fallait pas être en retard et l'oncle Jacques conduisait d'une main, penché par la fenêtre ouverte et montrant les cornes à tous ceux qu'on doublait.

Quand on a crevé, quelques kilomètres plus loin, les autres voitures nous sont repassées devant, ralentissant pour rigoler tandis q ue l'oncle Jacques et mon père, en bras de chemise, s'escrimaient sur le cric.

Nous, on s'est mis à l'ombre parce que le soleil plombait.

– C'est bien ma veine, a dit l'oncle Jacques. Crever un jour comme aujourd'hui !

On devait offrir un étrange spectacle, tous endimanchés sur le bord de cette route, avec la voiture montée sur cette jambe de fer et les rubans de tulle qui flottaient sur l'antenne. Ma mère avait acheté pour l'occasion une robe en mousseline bleu pâle, des souliers vernis et une capeline en tissu assortie à sa robe.

Quand l'oncle Jacques a dit : « Zut, la roue de secours est à plat elle aussi », j'ai cru qu'elle allait piquer une crise de nerfs.

– Pas de panique, a dit mon père. On ne doit plus être très loin. On va faire du stop. On trouvera bien quelqu'un pour nous ramener ce soir.

C'était lui qui avait eu l'idée de prendre la voiture de l'oncle Jacques. Sa belle chemise s'ornait maintenant d'une longue traînée de cambouis et ses mains étaient noires de graisse.

– On dirait que tu le fais exprès, a dit ma mère en enfonçant d'un coup de poing sa capeline sur sa tête. Décidément, tu n'en rates jamais une.

C'est comme ça qu'on est partis aux noces d'or de Mamie Gina dans la cabine d'un poids lourd, suant tous les cinq dans nos habits de fête et plus serrés que des sardines en boîte.

Mamie Gina, c'est ma grand-mère, la mère de ma mère. Ce dimanche, on fêtait un anniversaire un peu particulier, cela faisait cinquante ans tout juste qu'elle et mon grand-père s'étaient mariés.

Mon père portait sur les genoux la grosse corbeille de dragées qu'ils avaient commandée. Mon oncle Jacques rigolait, parce que la cabine était décorée de photos de filles nues, mais ça ne faisait pas rire ma mère.

– Pense un peu, a dit mon oncle Jacques en lui écrasant les côtes. Et si le vélo de Pépé avait crevé lui aussi, à l'époque ?

– Au moins, on ne serait pas là aujourd'hui, a dit ma sœur. Je déteste les mariages et les fêtes de famille.

– On ne serait pas là du tout, tu veux dire ! a repris l'oncle Jacques.

D'habitude, l'oncle Jacques attend le dessert pour faire de la philosophie.

Mais ça m'a fait froid dans le dos rien que d'y penser : si mes grands-parents ne s'étaient pas mariés il y a cinquante ans, l'oncle Jacques, ma mère, ma sœur et moi, jamais nous n'aurions existé ! Il aurait suffi d'un minuscule incident, une crevaison, que mon grand-père pique un roupillon et oublie l'heure, comme il le fait aujourd'hui, et hop ! plus de Xavier Lepot…

– Absurde, a coupé ma mère. Adam et Ève auraient pu ne pas se rencontrer non plus !

– On aurait été jolis ! a murmuré mon père, mais ça n'a fait rire personne.

Quand le camion nous a déposés devant la salle des fêtes du village, on était aussi froissés que si l'on sortait d'une essoreuse. En fait, c'était un drôle d'endroit pour des noces d'or : on aurait dit une espèce de gymnase, avec des tables en enfilade, des nappes blanches et des cages de handball poussées contre les murs.

– N'oubliez pas de dire bonjour à tout le monde, a recommandé ma mère.

Comme on arrivait bons derniers, il a fallu faire le tour des tables. Quand j'ai eu fini, j'avais les joues couvertes de rouge à lèvres. C'est l'inconvénient avec les familles nombreuses : il faut embrasser des dizaines de gens qu'on n'a vus qu'une fois dans sa vie. Il y avait là de vieux oncles, des tantes du côté de ma mère qui m'avaient connu au berceau et s'étonnaient que j'aie tant grandi.

À chaque fois, ma mère me regardait avec

fierté, comme un nain qui aurait poussé subitement.

– Eh ! oui, disait-elle, ça ne nous rajeunit pas ! Et tu reconnais cette grande jeune fille ? Mais si, c'est Amandine. Dis bonjour à Tata Lucette, Amandine.

Ma sœur tendait sa joue avec mollesse, faisant glisser dans l'autre son chewing-gum, comme si on avait pu le lui voler en l'embrassant.

– Et les jeunes mariés ? a demandé l'oncle Jacques.

Ils présidaient au centre de la table, entre deux corbeilles d'œillets gigantesques. Enfin, Mamie Gina, parce que Papi Gino avait disparu.

On l'a retrouvé dans une petite salle à côté, qui goûtait les apéritifs. Il avait déjà la figure très rouge. Comme il est un peu sourd, il parlait très fort. C'était la première fois que je le voyais sans ses pantalons bleus et sa blouse de jardinier.

À la place, il portait un costume sombre à rayures et des chaussures luisantes qui craquaient quand il marchait.

– Fiston, il m'a dit, j'ai apporté des boules.

On fera une pétanque dans la cour à la fin du repas.

Il faut dire que chez Mamie Gina, à la campagne, on fait toujours de longues parties de boules. Papi Gino a même aménagé un terrain spécial, un boulodrome comme il l'appelle, avec du sable fin bien ratissé et des planches de chaque côté pour éviter d'écraser les salades quand on manque le cochonnet.

J'adore aller chez eux. C'est une minuscule maison aux volets peints en vert, avec une allée de petits galets ronds qui crissent sous les pas quand Papi Gino met ses sabots. Il y a un jardin potager, une volière pleine d'oiseaux, une cabane à outils qu'il a faite de ses mains. L'été, on sort une table sous le prunier, la vaisselle de jardin, et il faut terminer le dessert à voix basse parce que Papi Gino s'est endormi sur sa chaise, le front rayé par son chapeau de paille.

Moi, j'aurais préféré qu'on fête leurs noces d'or chez eux. Mais la maison est trop petite, et dans un sens, c'est mieux : j'y ai passé tellement de vacances qu'elle est un peu à moi. Je n'avais aucune envie de voir mes cousins l'envahir.

Ils habitent tous loin d'ici, j'aurais eu l'impression qu'ils me volaient.

Comme mes grands-parents ne sont pas riches, tout le monde s'était cotisé pour louer la salle municipale, commander le repas et payer les extras en vestes blanches qui ouvraient les bouteilles.

On devait bien être une trentaine et il y avait tellement de bruit qu'on ne pouvait parler avec personne.

– C'est la journée des catastrophes, a dit ma mère. Tata Colette a le même ensemble que moi.

– Ça ne fait rien, a dit mon père en la prenant par la taille. Tu le portes beaucoup mieux qu'elle.

Après l'apéritif, on s'est tous mis à table. Ma sœur et moi, on était dans le coin des enfants : c'est comme ça que mes parents disent quand ils veulent se débarrasser de nous. Avec mes cousins, on se regardait de travers. J'aurais mille fois préféré être assis avec l'oncle Jacques : il a toujours des histoires drôles à raconter, il fait des tours de passe-passe avec une serviette et de la mie de pain.

Dans la famille, on l'appelle toujours « sacré oncle Jacques ».

Mes parents riaient eux aussi, le regardant gesticuler, la cravate de travers, louchant et roulant les r pour imiter les gendarmes.

– C'est ça, l'entrée ? a dit ma sœur en faisant la grimace.

Elle déteste les œufs en gelée et le cousin Robert agitait le sien sous son nez en disant que c'était un œil de veau.

Après, on a eu des bouchées à la reine avec des quenelles qui flottaient, du foie gras en galantine. J'avais à peine goûté l'entrée que j'étais près d'exploser.

– Tu sais qu'elles sont encore en vie quand on les jette dans l'eau bouillante ? a dit le cousin Robert en suçant une écrevisse.

La sauce coulait sur son menton, et il mangeait avec les doigts en faisant de grands slurps...

– S'il continue, a dit tout haut ma sœur, je vous préviens que je vomis dans son assiette.

Ça a dû calmer le cousin Robert car il ne nous a plus adressé la parole de tout le repas.

Heureusement, on avait le droit de se lever. Après les entrées, Je suis allé m'asseoir à côté de Mamie Gina. Elle avait teint ses cheveux pour l'occasion, et ça lui faisait autour de la tête comme un brouillard de gaz violet.

– Mon Xavier, elle a dit, j'ai quelque chose pour toi.

Elle a sorti de son sac une poignée de timbres rangés dans une enveloppe. Depuis que je suis tout petit, elle me garde les timbres qu'elle reçoit, et je n'ai pas osé lui dire que je n'en faisais plus la collection depuis longtemps.

– Est-ce que tu travailles bien à l'école ? elle a demandé aussi.

J'ai fait la grimace.

– Couci-couça, Mamie.

– Plutôt couci que couça hein ? C'est qu'ils vous font apprendre des choses bien difficiles à l'école aujourd'hui... Mais je suis fière d'avoir un petit-fils qui soit si savant.

Chez elle, en vacances, je lui fais la lecture le soir. Mamie Gina ne sait pas lire. Elle a quitté l'école à huit ans pour travailler à la ferme, mais elle se rappelle encore toutes les récitations qu'elle a apprises.

On s'installe sur un banc au jardin, ça sent la terre mouillée et l'on entend là-bas, tout au fond, le grincement de la pompe où Papi Gino remplit son arrosoir. C'est le moment que je préfère. Je lis lentement à voix haute, le livre dans la main droite, tenant dans l'autre, fièrement dressée, la tapette à mouches avec laquelle je chasse les moustiques qui viennent vrombir sous le prunier.

– Quel âge avais-tu, Mamie, quand tu t'es mariée ?

– Vingt-deux ans… Fais le compte : j'en ai soixante-douze. À cette époque, on fréquentait longtemps comme on dit. La première fois que ton Papi est venu à la ferme, il avait le bras cassé. Il s'était fait beau pour me demander, mais je l'ai trouvé si drôle, avec son bras en écharpe et son costume du dimanche, que je n'arrêtais pas de rire. Je riais ! Je riais ! Il s'est vexé et il est parti sans faire sa demande. Tu sais comment il est : tellement soupe au lait, fier comme un spahi… Il a bien attendu un mois avant de revenir ! Sa tête de cochon était connue dans tout le pays.

Ça me faisait drôle d'imaginer Mamie Gina en jeune fille. Pour moi, elle a toujours été vieille, avec les jambes recouvertes de bandages, ses cheveux tout blancs et sa manière de rentrer le menton dans la gorge quand elle rit.

– Regarde, elle m'a dit.

Sur l'album de son mariage, on la voit toute frêle, avec une robe blanche un peu ridicule et une couronne d'oranger sur la tête. À la main, elle tient un bouquet pour la Vierge et elle fait la grimace, comme si elle était gênée de sourire devant le photographe. Papi Gino a déjà la moustache mais elle est très noire, les cheveux coiffés en arrière et un brassard sur la manche. En dessous, il y a marqué :

« 20 juin 1943. Mariage de Ginette Follegrain et de Jean Péqueux. »

C'est le nom de mes grands-parents. On les appelle Mamie Gina et Papi Gino, mais leurs vrais prénoms, c'est Ginette et Jean. Ils ont eu cinq enfants. Ma mère est la petite dernière.

Pendant que je parlais avec Mamie Gina, le repas continuait. Il faisait de plus en plus chaud et il y avait de plus en plus de bruit.

À un moment, l'oncle Jacques a dit :

– Et si on la faisait maintenant, cette partie de pétanque, histoire de digérer un peu ?

On est sortis dans la cour. Mes oncles avaient retiré leur veste. Comme on était trop nombreux, il n'y avait qu'une boule pour chacun.

Il a fallu faire des équipes et je me suis retrouvé avec mon père et Papi Gino.

– Tu vas voir, il m'a dit en me faisant un clin d'œil : on va leur mettre la pâtée.

On a commencé à jouer. Il y avait le chien de ma tante Colette qui n'arrêtait pas de courir après les boules, alors on l'a attaché à un arbre.

L'oncle Jacques en a profité pour tricher, il discutait tous les points, le chien aboyait, les boules roulaient trop loin ou alors se plantaient dans le sable.

– On en a deux ! criait mon père.

– Galéjades ! disait l'oncle Jacques. Celle-là est à nous !

Il avait coupé une branche de coudrier, avec laquelle il mesurait la distance des boules.

– Je t'ai vu, a dit mon père. Tu l'as repoussée !

– Pas du tout, a dit l'oncle Jacques. Mesure toi-même si tu ne me crois pas !

À la fin, ma sœur s'est fait tomber une boule sur le pied. L'oncle Jacques et mon père étaient très rouges, ils ne cessaient de se disputer.

– Quelle idée aussi de faire jouer une fille ! a dit l'oncle Jacques.

Ma sœur est partie en pleurant, plus personne n'avait envie de jouer.

On a ramassé les boules en silence, les oreilles cassées par le chien. Moi, j'étais assez d'accord avec l'oncle Jacques : les boules ne sont pas pour les filles. Mais ma sœur veut toujours faire son intéressante, c'était sa faute si ça finissait mal.

– Les garçons ! a appelé tante Colette. Rentrez, voilà la pièce montée !

Ça a remis de l'ambiance. C'était un gâteau en forme de pyramide, fait de petits choux superposés, avec au sommet un couple de santons en habits de mariés.

Papi Gino a dû monter sur une chaise pour le couper. Le caramel collait aux dents, ma sœur a dû enlever son appareil pour gratter les morceaux qui s'y étaient agglomérés. J'ai eu droit aussi à un doigt de mousseux dans la coupe de Mamie Gina : c'était acide, on aurait dit du vinaigre gazeux à voir les grimaces que faisait cousin Robert en finissant tous les verres de la table. À la fin, il a été malade, il a fallu qu'il s'allonge dans une voiture, le visage aussi blanc que la chemise de mon père.

Déjà, il était près de 17 heures. Mes tantes

s'étaient réunies dans un coin et chuchotaient en montrant des photos. J'ai souvent remarqué ça dans les fêtes de famille : les hommes se mettent d'un côté et les femmes de l'autre. Mes oncles parlent fort et reprennent du café, ils sont tous très rouges avec la cravate de travers. Mes tantes, elles, se sont recoiffées, elles parlent d'enfants et de vacances, roulant autour du doigt un ruban de papier cadeau. Elles ont toujours l'air un peu triste. Il y a du vin renversé sur les nappes, des quignons de pain, des assiettes sales : on dirait que ce sont elles qui vont faire la vaisselle pendant que l'oncle Jacques donne des cigares.

Ma sœur, elle, c'est une habitude : les mariages la rendent mélancolique. Est-ce qu'elle fera aussi la tête au sien ? De toute façon, avec son appareil, je ne vois pas qui voudrait d'elle à part cousin Robert… Mais ma mère me l'a dit : on ne se marie pas entre cousins, ça donne des enfants blancs comme des navets, avec d'énormes lunettes et des yeux rouges de lapin. En plus, cousin Robert a les oreilles décollées, ma sœur dit qu'il s'entraîne pour jouer dans *Dumbo*.

– Est-ce que tu reviendras nous voir cet été ?

m'a demandé Papi Gino. J'ai trois nouveaux oiseaux que je veux te montrer.

J'ai dit oui, que je viendrais, et Papi Gino a mis l'index sur sa bouche : c'était notre secret à tous les deux.

Chaque été, il trouve des oiseaux blessés, on les soigne avec du coton et de petites attelles en allumettes. On les met dans des boîtes à chaussures percées de trous, juste le temps qu'ils guérissent. Pour les nourrir, on demande de la mie et du jaune d'œuf à Mamie Gina. Il faut leur ouvrir le bec en les tenant bien serrés et leur fourrer le mélange dans la gorge avec le doigt.

Puis, quand ils vont mieux, Papi Gino les met dans sa volière, et c'est eux qui nous réveillent le matin, juste avant le jour, et la nuit quelquefois quand un chat rôde dans les parages.

Papi Gino sort alors, une pantoufle à la main, mais il rentre toujours bredouille.

– Remarque, dit-il, je les aime bien aussi, les chats… Tous ces oiseaux dans la volière, c'est comme des gâteaux derrière la vitrine du pâtissier. Mais qu'ils ne s'avisent pas d'y toucher quand même, menace-t-il. Sinon je truffe le jardin de pièges à loup !

– Allons, dit Mamie, en cinquante ans de mariage, je ne t'ai jamais vu faire de mal à une mouche !

– C'est que les pièges à loup sont trop gros pour les mouches, bougonne-t-il. D'ailleurs, je n'aurais jamais dû t'épouser : tu m'as rendu trop gentil.

Et il sort dans le jardin pour arroser ses salades, pestant contre les pucerons, les moustiques et les chats.

Avant qu'on se sépare, lui et Mamie ont distribué à chacun les menus du festin.

– En souvenir de cette journée, il a dit en me tendant le mien. Et puis comme ça, dans cinquante ans, tu pourras vérifier qu'on ne vous avait pas déjà servi le même repas.

Dans cinquante ans, Papi Gino et Mamie Gina seront mariés depuis un siècle. Est-ce qu'il existe un nom spécial pour cent ans de mariage ?

Moi, j'aurai soixante ans. Certainement, il faudra louer une salle plus grande si on veut tous y tenir.

– Et tu verras, a dit encore Papi Gino, dans cinquante ans, ta grand-mère ne me fera plus tourner en bourrique. Je lui aurai montré depuis longtemps qui est le chef, par Belzébuth !

Ils se tenaient devant la porte de la salle des fêtes, côte à côte tous les deux et un peu raides comme sur leur photo de mariage. Tout le monde s'embrassait et se criait au revoir. Oncle Jacques avait trouvé un chauffeur pour nous ramener et, tandis qu'on s'entassait à l'arrière de la voiture, ils restaient plantés là sans bouger, avec le soleil qui filtrait à travers les arbres et le vacarme des oiseaux fêtant le crépuscule.

Mamie Gina avait posé la main sur celle de Papi, comme s'ils se tenaient à la même canne. Oncle Jacques klaxonnait comme un fou. Papi Gino a levé son chapeau, et ils s'en sont retournés à pied vers chez eux, marchant à petits pas dans le soir qui tombait.

Le canif

Il y a eu mon anniversaire, celui de Kevin, de Pythagore, de Mérovée, les noces d'or de Mamie Gina…

Il y a eu d'autres mercredis d'anniversaire, les quarante ans de ma mère, les seize ans d'Amandine que j'ai passés caché derrière le canapé, parce que les copines de ma sœur dansaient et qu'elle nc voulait pas qu'un avorton de dix ans vienne lui gâcher sa première boum…

Quelquefois, je repense à ce qu'a dit Pythagore, aux 16 millions de gens et des poussières qui fêtent leur anniversaire le même jour. Combien ça fait de cadeaux ? De mètres de papier-ruban ? De litres de Coca ? Quel chahut cela doit faire aussi, 16 millions d'anniversaires en même temps, aux quatre coins de la planète ! Heureusement qu'il y a le décalage horaire, sinon on ne pourrait jamais dormir.

Au moins, l'été, il n'y a plus d'anniversaires.

Est-ce que c'est comme ça dans toutes les familles ? Pas un seul anniversaire en juillet et en août. C'est drôle, ça repose : plus de goûters, de cadeaux qu'il faut trouver au dernier moment. Les jours se ressemblent tous, je vais à la pêche avec Papi Gino, j'aide Mamie à gauler les amandes dans le champ d'à côté.

Le week-end, mes parents nous rejoignent. Mamie fait une tarte aux quetsches, Papi va chercher une bouteille au cellier, on reste tard dehors à regarder le ciel.

Comme la maison est petite, je leur laisse ma chambre. Je dors sur un lit de camp au salon, j'entends la grosse horloge qui bat doucement dans le noir.

Quelquefois, on reçoit des cartes d'Amandine. Cette année, elle est partie à la montagne, dans un camp de vacances, un stage kayak, comme elle dit. Dans ses cartes, elle se plaint des moustiques, des taons, des petites bêtes qu'il y a dans l'herbe et qui s'infiltrent la nuit dans les tentes. Elle trouve l'eau trop froide, le kayak fatigant, les garçons bêtes. Mais il paraît qu'il y a un moniteur très mignon qui joue de la guitare, elle a gravé ses initiales dans un cœur sur un tronc de mélèze.

Est-ce que le cœur grandira, année après année ? Papi Gino dit qu'on connaît l'âge des arbres au nombre de cercles qu'on peut compter quand on les coupe.

– Tu verras, il me dit quelquefois. D'abord, on est content de grandir. Après, on vieillit, c'est moins drôle. Quand j'aurai cent deux ans, j'arrêterai de dire mon âge.

Moi, je n'attendrai pas cent deux ans. À chaque nouvel anniversaire, je dirai comme Mamie Gina : « J'ai tuitt ans », chacun croira ce qu'il voudra.

Moi aussi, j'ai envie de grandir, mais jamais en été. Dans la maison de Mamie Gina, j'aurais bien dix ans toute ma vie.

Le matin, on boit du café au lait en lisant le journal, on écoute les nouvelles à la radio, puis je sors jardiner avec Papi Gino. On nourrit ses oiseaux, on se fait gronder parce qu'on ramène de la terre sous nos chaussures, il faut les décrotter au racloir de l'entrée.

Quand il a plu, on met des sabots en plastique avec de grosses semelles de bois, on a l'impression de marcher avec les chaussures de plomb des scaphandriers.

Le soir, on regarde des émissions bêtes à la télé. Papi Gino s'endort, il faut tout lui expliquer quand il se réveille. Je lis des vieux « Spirou » que Mamie garde dans un placard. Les pages sont pleines de taches d'humidité, elles sentent le champignon, le bouchon, les feuilles mortes, certaines sont arrachées, il manque la fin des histoires. Couché dans le grand lit qui s'enfonce au milieu, je les relis sans cesse, je m'endors la lumière allumée, éveillé en sursaut quand ils glissent sur le plancher.

J'ai dix ans. Les vacances passent…

Le soir, de plus en plus souvent, il y a de l'orage. Mamie fait des lessives pour que je rapporte des vêtements propres. Bientôt, ce sera la rentrée, on a rangé les cannes à pêche dans la remise, les musettes, les boîtes à vers de terre.

– Il faudra que je repeigne les chaises de jardin, a dit mon grand-père. L'année prochaine, c'est promis, j'installerai un panier de basket sur le mur du garage.

Je n'ai pas envie de rentrer.

Et puis, ce matin, chez le quincaillier où il achetait des vis, Papi Gino m'a montré un canif à huit lames, avec le manche en corne de bouquetin et un tire-bouchon repliable.

– Est-ce que ça te ferait plaisir, pour ton anniversaire ? il a demandé en me voyant loucher dessus. Onze ans, tu seras un grand. C'est le bon âge pour avoir un canif.

J'ai dit que oui, que rien ne me ferait plus plaisir. Il a acheté aussi une petite chaîne, pour que je l'attache comme lui à la ceinture. Le sien est beaucoup moins beau, il s'en sert à table pour peler les poires, essuie la lame dans sa serviette avant de le replier pour le mettre dans sa poche.

– Seulement, il a dit, ça n'est pas pour maintenant. Il faudra que tu sois patient.

J'ai dit que je serais patient.

Encore quelques jours et ce sera la rentrée, la 6e. Cela n'a pas beaucoup d'importance maintenant : septembre approche, le 18 viendra très vite.

Ce jour-là, ce sera mon anniversaire. J'aurai onze ans, un canif à huit lames, le droit de regarder les séries à la télé les veilles de classe et de faire du vélo seul dans la rue.

Est-ce que ma mère fera aussi un gâteau au chocolat ?

Il faudra que je le lui demande quand elle viendra me chercher dimanche.

Table des matières

Jour de chance 7

L'anniversaire de Kevin.................. 21

Le clown 37

Celle qu'on n'invitait jamais 45

Les noces d'or de Mamie Gina.......... 59

Le canif 77

JEAN-PHILIPPE ARROU-VIGNOD

L'AUTEUR

Jean-Philippe Arrou-Vignod est né le 18 septembre 1958 à Bordeaux. Il a vécu successivement à Cherbourg, Toulon, Antibes, avant de se fixer dans la banlieue parisienne. Après des études à l'École normale supérieure et une agrégation de lettres, il est aujourd'hui professeur de français dans un collège. Boulimique de lecture durant toute son enfance, il s'essaie à son tour très tôt à l'écriture et publie son premier roman en 1984 aux éditions Gallimard.

Lorsqu'il écrit pour les enfants, c'est avec le souci constant de leur offrir des livres qu'il aurait aimé lire à leur âge. Pour cela, il se fie à ses souvenirs, sans cesse réactivés au contact de ses jeunes élèves qui ont l'âge des héros de ses romans.

Du même **auteur**
dans la collection FOLIO **JUNIOR**

Le professeur a disparu

n° 558

Rémi, Mathilde et Pierre-Paul Louis de Culbert – surnommé P.P. Cul-Vert – ont remporté le concours d'histoire organisé par leur ville. Le prix ? Il est inespéré : un séjour à Venise ! Ils seront accompagnés par leur professeur d'histoire, M. Coruscant. Mais au cours du voyage, celui-ci disparaît mystérieusement…

Enquête au collège

n° 633

Que se passe-t-il donc au collège ? Qui se promène la nuit dans les couloirs déserts ? Quel secret abritent les sous-sols où aucun élève n'est jamais allé ? Qui a saccagé la salle de sciences naturelles et assommé M. Cornue, le laborantin ? Le principal cherche des coupables parmi les internes... Une seule solution pour Rémi et P. P. Cul-Vert, aidés de la douce Mathilde : découvrir eux-mêmes la vérité, quitte à affronter souterrains, rôdeur et conseil de discipline.

Après Le professeur a disparu, *les trois amis mènent à nouveau l'enquête.*

P.P. Cul-Vert détective privé

n° 701

Un lugubre cottage en Angleterre, une hôtesse inquiétante, une duchesse dévalisée, un singulier spécialiste des poissons orientaux... il n'en faut pas plus pour transformer un innocent séjour linguistique en une palpitante aventure.

Sur la piste de la salamandre

n° 753

Une chasse au trésor organisée par un journal, quelle aubaine pour Mathilde, Rémi et Pierre-Paul, spécialistes de l'aventure ! Eux qui redoutaient de s'ennuyer pendant les grandes vacances, les voilà lancés sur la piste d'une mystérieuse statuette… qui intéresse beaucoup de monde. Beaucoup trop ! Les énigmes et les dangers se succèdent sans répit…

Agence Pertinax

n° 799

Répondre à une petite annonce et devenir détective le temps d'un été ? Jouer les gardes du corps pour une très vieille dame persécutée par des appels anonymes ? Suivre un dangereux rôdeur sur un chantier désert ? Pas si facile quand on s'appelle Matt et qu'on a seize ans. Une seule solution : l'Agence Pertinax, embrouilles en tous genres, à votre service…

P.P. et le mystère du Loch Ness

n° 870

Que signifie ce messsage en forme de S.O.S. et cette mystérieuse invitation de Pierre-Paul? En route pour l'Écosse, Rémi et Mathilde s'interrogent. Quel danger menace P.P.? Le rugissement d'un fauve au milieu de l'orage, un fracas de vaisselle brisée, des bruits de pas… Leur première nuit à Keays Castle n'a rien de rassurant. Où est donc passé leur ami? L'incroyable énigme du monstre du Loch Ness sera-t-elle enfin élucidée?

L'omelette au sucre

n° 1007

Connaissez-vous l'omelette au sucre? Rien de moins compliqué à préparer. Prenez une famille de cinq garçons. Ajoutez-y un bébé à naître, une tortue, un cochon d'Inde et une poignée de souris blanches. Mélangez bien le tout, sans oublier une mère très organisée, un père champion du bricolage et quelques copains d'école à l'imagination débordante. Saupoudrez d'une pincée de malice et d'émotion, et servez aussitôt. C'est prêt… À consommer sans modération!

Le Club des Inventeurs

n° 1083

Décidément, P.P. Cul-Vert n'est jamais à court d'idées. Sa dernière lubie ? Présenter un prototype de sa fabrication au grand concours du Club des Inventeurs, qui rassemble les génies les plus créatifs de notre planète ! Mais l'ennemi rôde au manoir des Corneilles, bien décidé à s'emparer de cette mystérieuse invention. Pour la protéger, une seule solution : engager Mathilde et Rémi comme gardes du corps…

Le collège fantôme

n° 1108

Prisonnier dans un lugubre collège au sommet d'une forteresse, Sébastien Britt tient son journal pour se rassurer, seul. Seul ? Pas tout à fait. Camille lui révèle l'existence d'un dortoir où survivent sept élèves fantômes, de curieux compagnons qui traversent les murs ! Et chargent Sébastien d'une mission périlleuse : sauver le trésor des chevaliers de Saint-Elme, abrité depuis des siècles dans le collège. Ensemble, parviendront-ils à soustraire le trésor au terrifiant M. Fogelman ?

Le camembert volant

n° 1268

Quand on est six frères et qu'on s'appelle Jean A., Jean-B., Jean-C., Jean-D., Jean-E. et Jean-F., impossible de s'ennuyer un seul instant. Au menu de cet été: un déménagement, des vacances chez Papy Jean, un poisson nommé Suppositoire, une ribambelle de cousins aux oreilles décollées... sans oublier bien sûr un mystérieux camembert volant et des parents pas trop coulants. Décidément, ça déménage chez les Jean !

Après L'omelette au sucre, *goûtez les nouvelles aventures d'une famille extravagante.*

Maquette : Aubin Leray
Loi n°49-956 du 16 juillet 1949
sur les publications destinées à la jeunesse
ISBN 2-07-055175-X
Numéro d'édition : 165457
Premier dépôt légal : juillet 2004
Dépôt légal : octobre 2008
Imprimé en Espagne
par Novoprint (Barcelone)

